文芸社セレクション

W

澤木 誠

SAWAKI Makoto

文芸社

人より二倍速く走れたら……
人より二倍早く仕事ができたら……
きっと自分の人生って変わっていたかも?

「今日も先生から電話あったのよ！　何でまた寝ちゃうの？　遅くまでゲームばっかりやっているからよ。早く支度して学校へ行きなさい！」

「ハイ、ハイ、るっせーな、分かったよ。」

ガチャリと電話を切る。


赤城（あかぎ）彰（あきら）の家の毎朝九時頃の光景である。彰は上川台中学校三年生、受験生とは名ばかりで、毎日夜遅くまでゲームや動画視聴三昧である。顔は青白く、ひょろっとして表情に乏しく、生気は感じられない。物心ついた頃には母と二人暮らしで、その母とは思春期特有の微妙な関係にある。実は一時間ほど前に、遠くで家電が鳴っていた。しかし、眠いのとどうせ学校からだからと思い、彰は出ないことにしている。でも、母の明恵（あきえ）からは自分の携帯にかかってくるし、出ないと後が面倒くさいので出ることにしている。その三時間前の光景はこうだ。

「あっくん、起きなさい。今日こそは朝から行ってよね！」

「うん……。」

「聞いてるの？　今日もお母さん帰りが遅くなるからね。」

「ああ……。」

「夕飯代ここに置いとくからね。」

「ん……。」

「あんたのために働いてるんだからね。私の気持ちも分かってよね。」

　彰の母親明恵は、光友商事の営業部長であり、一分一秒を惜しむ働きぶりで多忙を極めている。若い頃にはモデルではなかったかという噂が出るほど、四十歳を過ぎても、長い黒髪に包まれた美貌と、スレンダーな体型は維持している。今日もブランド物のスーツに身を包み、派手すぎないメイクと、隙のない出で立ちで出社する。社内では多くの男性社員を部下に持ち、一目置かれる存在、いわゆるキャリアウーマンである。

（夜遅いって言っても、どうせ飲み会でしょ？　この前、台所に置いてあった懇親会の案内をチラッと見ちゃったんだよな……息子はいつもほったらかし！　やりきれないよな。）

とぼやきながら再びベッドへ潜り込む……。

＊

「彰って、いたんだ……。」

たまに部室に顔を出すといつもの部員のおもてなしがある。目の前にいるのにもかかわらず、あえて自分の存在を打ち消すような言動が、当たり前のように行われる。気にしなければいいと思うようにしているが、なんともやりきれない。

（ここにも僕の居場所はない。）

「いつも目障りなんだよな彰は！　来るのか来ないんか、はっきりしてほしいぜ。俺たち十二人しかいねえんだから……っていうか来ても関係ねえけどさ！」

容赦ない馬場汎人の声がとぶ。

馬場汎人。名前は「ボンド」と読む。父親がかなりの007ファンだったらしい。日焼けした浅黒い顔に、鍛え上げられた筋肉質の体躯、キャプテンでセンターフォワード。得点のほとんどは彼が決めるポイントゲッター。部員からの信頼はあるが、父子家庭で気性が荒く、とくに彰に対しては、極端に毛嫌いする言動が多い。

「いいか、俺たちの最後の夏だ！　また上川台中サッカー部最後の夏でもある。堂森先生がいなくて、心細いかもしれないけど、俺たちで絶対優勝を勝ち取ろうぜ！」


彰の所属する上川台中学校サッカー部は今年で廃部となる。三十年ほど前にできたニュータウンが、今や高齢化してオールドタウン化し、当然子どももどんどん減少してきている。部活動も三〜四年ごとに統合や廃部がなされており、この夏でサッカー部は最後となる。顧問の堂森大地の指導が厳しすぎるという噂が広まって、今の二年生の代が入部しなかったことも輪をかけ、今度の廃部対象はサッカー部と決まった。当然一年生入部が制限されており、部員はすべて三年生。部員は彰を入れて十二人。スーパーサブと言えばかっこいいが、要するにたった一人の補欠要員である。

＊

三年生の始業式は、勇気を出して自分で教室に入った。がらりとクラスメイトも変わり、中には向こうから話しかけてくれる生徒もいた。担任も堂森先生だし、今年こそはやっていける！　そんな思いがした日だった。二日後、担任が突然、近田智津夫(ちかだちづお)に代わった。教室で話しかけられることが急になくなった。変に思い、こちらからその生徒たちのもとに行ってみると、言われた言葉は衝撃的だった。

「別に君のことが嫌いなわけじゃないんだけどさ……堂森から君に話しかけてくれないかと頼まれてたんだ。」

「でさ、担任が堂森から近田に変わっちゃっただろう？　まあ三年生だからさ、進路もあるから……まあその辺のところは忖度してくれよ。」

「うん、そうそう、自然に行こうよ！」

「忖度〔そんたく〕」、少し前までは読めないし知らない言葉だった。相手の気持ちを推し量るという意味で、当時の首相の言動をカバーするがごとく、周囲が過剰に気を利かせたことで流行した言葉だと聞いている。一国の首相ならまだしも、何であいつらに「忖度」なんだ？　わざとらしい行動をとっておいて、つくられた行動が、何で「自然」なんだ？

（ここにも僕の居場所はないのだろうか。）

やりきれない気持ちになったその時、

「あんたたち、それはちょっと冷たいんじゃない？」

女子級長の江藤恵美（えとうえみ）だった。

「うちらこのクラスで卒業を迎えるんだしさあ、まあ縁あって同じクラスになったわけだし……彰くんだって二年生までとは違って、勇気を出して教室に来てるんだからさ、逆にその辺のところ忖度するとこじゃない？」

「まあそうかもしれないんだけどさ……。」

美人で成績優秀の恵美。ロングヘアーに吸い込まれそうな大きな瞳をもち、アイドル顔負けの愛くるしさ。「○○坂」のセンターにいても決しておかしくはないオーラがある。彼女にかかれば多くの男子生徒はたじたじである。一方、美人にありがちの男子に媚びるところがないので、女子からも一目置かれている。

(まったくいつもながらストレートな物言いだ。すごく恥ずかしかったけど、嬉しかった。)

でも、クラスには少し行きにくくなった。

＊

最近、「働き方改革」が叫ばれている。ワークライフバランスという言葉は耳触りはいいのだが、教員の世界では、なかなか難しい現状である。最近では文部科学省が、法律を改悪して、「変形労働時間制」なるものを成立させている。これは、夏休みに休みをまとめどりさせ、月四十五時間以内の残業時間を目標としている。そんな話は絵に描いた餅であり、年度当初の教員の月残業時間数は二百時間を超えることはざらである。真面目な先生ほど、年度当初は、学級経営をしっかりしたい、教科のスタートをきちんとしたい、という願いが強くて、勤務時間も延長してしまう。正確には「残業」というものがなく、その代わり、他の公務員に比べ、「教員給与特別措置法」において、四％の「教職調整額」と名付けられた給与の増額で、残業代は一切支払われないのである。近年では、「部活動ガイドライン」なるものを設定し、多少改善傾向にあるものの微々たるものであり、朝練習や夕方からの部活動や会議・研修・授業準備はただ働きに近い。要するに、少し給料を高くして、働かせ放題というわけである。

入学式の日の深夜、事故は起きた。彰の担任である堂森大地は、生徒指導・部活指導・教科指導とも、情熱的な指導には定評があり、風貌が武田鉄矢に似ていることもあって、「上川台中学校の金八先生」と保護者の間では言われている。その堂森は居眠り運転で、街路灯に激突し、脊髄を損傷する事故を起こし、大怪我を負ってしまった。数ヶ月は手術や治療に必要であるということで入院となった。その日の堂森は、新年度の係や委員会決めの準備、学年集会で話す進路の説明など、夜遅くまで検討していたので、学校を出るのは、夜中の一時過ぎとなってしまった。当然これまでの睡眠不足もあり、ついうとうとして、こうした結果になってしまったのである。翌日堂森の病室を訪れたのは三人の教員である。校長・教頭・堂森の代わりに急遽担任となった近田智津夫の三人であった。緊張を隠せない近田と、話すことも億劫な堂森が、校長・教頭を交え、小一時間今後のことを打ち合わせた。帰り際に校長が、

「最後に堂森くん、近田君に言いたいことはないか。」

と尋ねると、

「近田先生、彰を頼みます。」

の一言だった。

＊

忘れもしない三年前の九月の職員室。数学教師の近田は三十五歳になろうとしていた。新任教員当初は、長身でジャニーズ系のルックスだったこともあり、女子生徒の間で人気が出た。しかし教員は中身が勝負であり、柔軟性がなく要領の悪い近田は、「はりぼて神輿」と揶揄（やゆ）され、すぐに信用がなくなっていった。「中堅教員」「ミドルリーダー」と呼ばれる年齢になっているものの、生徒や保護者の受けが芳しくなく、仕事にミスも多く遅い。上司や若手教員からは、頼りにならない教員と見られていた。疲労感が顔にも出ていて、年齢の割に白髪も多く、かつてのイケメン教師の面影は微塵もなかった。やっと結婚が決まりかけてきた彼女も、土日も部活動の練習や大会も入り、しばらく会えずに微妙な関係になっていた。

「お前、何年教員やってんだ、トラブル処理で、火を消すどころか逆に火に油を注いでるじゃないか！」

「何度言ったら生徒指導が分かるんだ。」

厳しい教頭の叱責が飛ぶ。「パワハラ」「クラッシャー上司」という言葉がよぎるが、自分にも非があるので何も言い返せない。今回もまたクラスで起きたいじめの事件である。加害生徒の親は学年でも有名なクレーマー。世間では「モンスターペアレント」略して「モンペ」と呼ぶ場合もある。自分の主張を押し通し、学校側の考えは聞こうとしない。入学当初から、何人かの教員が悩まされてきた経緯がある。自分としては、きちんと事件の概要を説明して、加害者である生徒へ問題点を指摘したつもりであった。ところが、逆ギレされ、学校や挙句の果てに被害生徒が悪いというストーリーにすり替えられてしまったようである。

「あそこの家は、もうお前じゃない方がいい。井田(いだ)くん、悪いが家に行って話をしてきてくれないか？」

自分よりも五つ年下の学年生徒指導担当の井田郁夫(いくお)が家庭訪問に向かう。

今から十数年前、以前勤めていた学校に教育実習生として来たのが井田であった。井田は高校・大学と柔道部の主将で、ゲゲゲの鬼太郎に出てくる「ぬりかべ」を彷彿とさせる体躯に比べ、童顔で表情も豊かだったので、あっという間に生徒に人気になった記憶がある。教育の何も分からない彼に、先輩としてあれやこれや教えてやったが、今は同じ職場になり、悔しいけれども上司・

生徒・保護者からも絶大な信頼を得ていた。

自分が生徒・保護者から信頼を得ていないことは自覚していた。今は頼ってくれる同僚・後輩もいない。幻聴であってほしいが、「また井田君に助けてもらっている。」「もう担任は無理じゃない？」という声まで聞こえてくる。痛いほど周囲の冷たい視線を感じる。辛い、辛すぎる……。

「俺って、何のために教員やってんだ……。」

その時近田の何かがプチっと切れた。翌朝、熱はないのに激しい頭痛と強い吐き気が襲い勤務を休んだ。その後、毎日出勤しようとすると同じ症状が続き出勤できなくなった。心配した実家の母親が心療内科に付き添ってくれた。出された診断名が「適応障害。当面のところ就労不可」。その日以後、近田は療養休暇に入った。教員は精神疾患の理由なら、最大九十日間取得できる。当然のことながら、結婚は破談となり追い打ちをかけた。その後も状態は良好に向かわず、二年間の休職に入っていった。

教員の休職は三年間が上限で失職する。休職三年目に入った近田は、まだ体調は完全復調とは言えないが、天敵の教頭が他校に校長として栄転になったのを機に、「復職支援プログラム」を申し出た。教師は続けたいという一心で、約半年間のプログラムに挑んだ。同僚の目・生徒や保護者の目に怯えながら、授業参観から始まり、担任の補佐や授業実践を経て、復職審査に合格した。新年度から三年生の学年副担任ということで、四月がスタートした。

しかし、堂森の事故で、始業式の翌日の朝、突然校長室に呼び出され、三年担任の打診をされた。近田は必死に固辞したが、学校の正規教員と常勤講師の中で唯一担任になれる余裕がある副担任は、近田のみであった。やむを得ず、若くして学年主任となっている井田がしっかりとフォローするという条件で、渋々了承することになった。

二時間目の職員室。

「近田先生、赤城は登校してないようですが、どうしたんですか?」

「朝、母親に連絡したところ、『起こしてから出勤したのですが、すみません。後で息子に確認を取ってみます。』との返事はもらいました。」

「無断欠席や遅刻の確認を一時間目までにするのが生徒指導の鉄則です。今すぐ確認をしてください。」

井田の指導が入る。中学校は無断欠席の場合は必ず家庭に確認を入れることになっている。これは生徒の登校中に、交通事故があったり、不審者に遭遇したりして、登校が困難になっているようなケースの安全上の確認であるとともに、親に内緒のズル休みを防ぐためでもある。実際近田は確認を忘れていたわけではなかった。宿題や日記の提出の確認、係や委員会そして進路関係の提出書類の確認、あれこれ慌ただしく確認しているうちに、朝のホームルームは終わってしまう。そしてすぐ一時間目の授業になってしまうのだ。授業には原則、教師は生徒より早く教室に入り、生徒を待っていなければ示しがつかない。朝に生徒への連絡や確認事項が多い時には、とても職員室に戻っている余裕はない。ちなみに授業と授業の間の生徒の休み時間は、教師の休み時間にならない。生徒の相談にのったり、生徒の交友関係がどんなものか確認をしたり、または、いじめの気配がないかを確認したり、結構休み時間ほど気を遣うものである。残念なことに、今日唯一の空き時間が、二時間目だった。中学校の教員の空き時間は小規模校や主任や主事クラスを除いて、一般的には一～二時間が多い。しかし、日記の朱書きや、宿題の点検などをしていると、一時間なんてすぐに終わってしまう。ましてや問題行動が多い生徒を担当していると、生徒が入り浸っている部屋に入って、コミュニケーションを図ったり、不登校気味の生徒が別室登校していると、その対応に当たらなければいけない。結局空き時間なんてないに等しい。近田も学年主任に叱責された後、電話をかけた。予想通り家の電話も母親の携帯も出ない。赤城の家は本人がいても出ないし、母親は仕事に入ってしまうと昼の休憩時間以外は出ない。

「近田先生、家に確認してきてください。」

再び井田の指示がとぶ。電話に出なければ仕方がないと諦められないのが中学校で、家に確認に行く場合もある。

(今日も提出物の確認はできないな。)

諦めながら学校を後にする。

＊

赤城彰のマンションに行く。ドアのインターホンを押してみたり、ドアの外から大きな声で話しかけてみたりしたが反応はない。

(彰は確か自転車通学だったなぁ。)

と思いながら、マンションの自転車置き場に行く。おもむろに自転車を探していると、同じマンションの住人と思われる主婦に声をかけられた。

「上川台中学校の先生ですよね？　彰くんの担任の先生ですか？　あの子、学校と反対の海岸の方に自転車で行ったとこを見ましたよ。先生も大変ですよねえ。あの子、やっぱりあんまり学校行ってないんですか？」

「まあそんなようなところで……。」

生徒の個人情報は、守秘義務があるので、詳細に答えられないのが原則である。さも心配しているかのように声をかけるが、実は興味本位の感じが漂っている。

「貴重な情報提供ありがとうございます。」と礼を言ってその場を立ち去る。

病院の堂森の言葉を思い出す。

(よし、彰がよく行くらしい突堤のテトラポッドに行ってみよう。)

やはり突堤のテトラポッドの先に彰は佇んでいた。近田は彰に近づき話しかける。

「赤城くん、心配したんだよ。」

「………。」

「どうしたんだ。先生と学校に一緒に行って話をしないか?」

「………。」

全く反応を示さない彰。

「堂森先生が心配してたよ。」

やっと聞こえるか聞こえないかくらいの声でつぶやく彰。

「何で近田先生なんですか……。」

涙声になりながら、

「何で堂森先生が来ないんですか……。」

ついに振り向いて近田に向かって、

「学校だって家だって、みんななくなればいいんだ。」

ついに彰は立ち上がって訴えるように叫ぶ。

「僕なんかこの世から消えてなくなればいいんだ！」

おもむろに海に飛び込もうとする彰を、近田は必死に止めた。

「バカヤロー！　そんなことをして堂森先生が喜ぶと思っているのか？」

もがいている彰の動きが止まった。その後、膝から崩れ、大声で泣き出した。三十分以上近田の胸の中で泣いていた彰だったが、泣き疲れたのか、少し落ち着きを取り戻した感じになった。頃合いを見計らって近田が話しかける。

「堂森先生は、赤城君のことを、本当に心配していてね。俺じゃあ頼りないかもしれないけれど、よかったら、溜まっているものを話してくれないか？」

十分くらい経っただろうか、ぽつりぽつりと、彰は、憑き物が落ちたように話し始めた。話し始めたら、堰が切れたように、家のこと、学級のこと、部活動のこと、その他いろんなことを近田に洗いざらい話をした。近田は胸が苦しくなってきた。自分も辛い思いをしてきたが、この子はもっと苦しんでいる。

彰の話が一段落する頃、近田は自分のことを話したい衝動に駆られてきた。

「赤城くん、こんなことを生徒に話すことじゃないかもしれないんだけど、いい大人の俺も一緒なんだよ……。」

近田も彰にカミングアウトしてしまった。

「俺だって情けないこと言うけど、このまま海に消えたいよ。」

二人が何となく共感しあってきた頃、突堤の後ろから大きな波が迫っていた。

＊

（ここはどこなんだろう）

不思議な光景であった。そこには自分と彰がいた。よく分からないが、体は浮いているようで、周りは幾何学的模様の背景だった。体を動かそうにも言うことを聞かない。言葉を発しようとしても声は出ない。意識はあるようだがなんとなくぼんやりとしている。周囲に音楽らしきものは聞こえているが、音楽と呼べるものではない。とにかく、何が何だか分からない光景であった。ふとその時、遠くの方で何か女の声がする。

「ダ・ブ・リ・ウ・カ・タ・ニ・テ」


目が覚めた。病室のベッドの上だった。

「おお、目を覚ましたか、近田くん大丈夫か。」

校長が語りかける。少し意識がはっきりしてきて周りを見ると、心配そうに見つめる教頭や井田の顔があった。

「どうして俺はここにいるんですか……。」

恐る恐る尋ねる。校長の話によると、その日の夕方、彰と一緒に砂浜に打ち上げられていたそうだ。偶然捜しに行った本校職員が発見して救急に連絡したそうだ。彰はもうすでに目を覚ましていて、母親が付き添っているそうだ。彰が言うには、自分が思い悩んで海に身を投げようとしていたところを、近田が止めてくれたそうで、後のことは覚えていないという。

「やあ近田くん、赤城くんをよく止めてくれた。感謝するよ。大事にならずに済みそうだ。おかげで報道機関にも漏れずに済んだ。」

校長はニュースにならず安堵しているようだ。表向きには、泳いでみたいと飛び込んだ彰を助けようとして、近田も溺れたことになっているらしい。なんかしっくりこないが、大げさにするつもりはないので、仕方がないと割り切る。

「体調が回復するまで、ゆっくりしてくれたまえ。いや最初は君も思い悩んで、赤城くんと一緒に……。」

教頭が言いかけた時、校長が遮った。

そりゃ自分だって、本当は赤城と一緒の気持ちだったということは胸にしまっておいた。

「じゃあ僕たちはこれで失礼するよ。お大事に。」

三人が病室を出ていった。病室の廊下で声が聞こえる。ドアから耳を澄まして聞いてみる。校長の声だ。

「いや近田君は、まだメンタルが回復していないなあ。」

「強がってはいますが、教頭先生が言いかけたことは、当たっているかもしれませんよ。」

「井田君、君もそう思うかね。悪いが、近田君の代わりの担任と、学年主任との兼務も視野に入れておいてくれ。」

（彰と俺が無理心中でもしようとしたと思われてるんだろうなあ。担任も外されるかもしれないのか……。）


目を覚ますと病院のベッドの上だった。目の前に母の明恵がいる。

「あっくん、大丈夫？　どこも痛くない？　ママ心配で心配で！　よかった、目を覚まして。ねえどうして海に入っちゃったの？　なんかママ聞いたけどさあ、あの近田っていう先生、今まで休んでいたんだって？　ずっと悩んでいて復帰したばっかっていうじゃない？　ひょっとしてあっくんを道連れに、一緒に海に飛び込もうって……。」

彰は聞いていてだんだん腹が立ってきた。すべて新担任の責任だと、ずっと愚痴っている明恵に対し、怒りが頂点に達した。

「お前何も分かってねーな！　俺は、家も学校も全部嫌になって死のうと思ったんだよ。元はと言えば全部お前のせいだ！　いつも仕事仕事。息子のために働いているって言い訳してばかり。自分の出世のためだろ？　何が女性の地位向上だ！　その陰に息子はペットのように餌だけ与えておけばいいんだよな？　休日でもどこにも連れてってくれず、学校の行事は授業参観にも来ず、平日は『疲れた』と言って、いろんな相談にも乗ってくれず、言い出したらきりがねえよ！　よくそれで母親だって言えるなあ。近田先生はなぁ、担任になったばかりなのに俺の話を全部受け止めて聞いてくれたんだぞ。俺がやけになって海に飛び込むのを助けてくれたいい先生なんだよ。先生のことを悪く言うな！　お前なんか顔も見たくない出ていけ！」

明恵は耐えきれなくなり泣きながら病室を飛び出した。彰の顔も涙でぐしゃぐしゃだった。

（ちきしょう！　ちきしょう！）

悔しさ・悲しさ・寂しさが入り混じった感情だった。泣くだけ泣くと、ふとあることを思い出した。

（それでも変な夢だったなぁ。自分が部活でゴールを決めている……体育祭の準備をリードしてクラスの奴等と楽しく話している……卒業式でスピーチをしている……まあ願望っていうやつかな？　深層心理って言うんだよなあ……。

あと、女の人の声で、訳の分からない言葉「ダ・ブ・リ・ウ・カ・タ・ニ・テ」って何だろう……。)

放課後にスクールカウンセラー（以後ＳＣ）に呼ばれた。ＳＣは、最近では各中学校に配置されていることが多い。常駐の学校もあるが、上川台中学校は、週に一回の配置である。臨床心理士の資格を持ち、友人関係・親子関係・子育ての問題等、いわゆる生徒や保護者の話を聞くプロである。通常相談主任がその予約窓口であるが、本校は養護教諭が務めている。

彰が養護教諭にどうしても自分の話をＳＣに聞いてほしいと頼み込んで、ＳＣを独占したらしい。何か近田とは、あの事件以後気まずくて、面と向かって話しにくいそうだ。内容としては、母親から聞いた近田の過去の噂、近未来の願望じみた変な夢のこと等、恥ずかしくて担任に直接言えないが、近田の心の片隅には留めておいてほしいとのことだった。

実は近田も彰と同様の夢を見ていた。自信をもって教壇に立っている姿、サッカーの指揮をして胴上げをされている姿、卒業式で彰の答辞の指導している姿……。(この夢って若い頃描いていた理想の教師像、いわゆる願望じみた深層心理だろうなー。)

*

その日の四時間目は、近田の空き時間であった。

「悪いな彰、呼び出して。」

「別に授業は受けたくなかったし、たとえ授業中にいなくったって、あいつらいつものことと不思議にも思わないし……。」

「そういえばこの頃、朝から学校に出てるじゃないか。」

「母が少し変わったんですよ。あの事件が相当ショックだったみたいで。母は会社を辞めたんです。辞めた日の夜、泣きながら『今からでも、私を母親にしてくれない?』って言うんですよ。僕は母には『うるせー。』としか言ったことなかったんですけど、こっちも泣きながら『ありがとう。』って素直な言葉が出たんです。今はパートに出て、遅出の早帰りになって、朝飯も夕飯も確実に作ってくれているんです。僕は、これまで何も目標がなかったんですけど、こうしてくれた母親のためにも、高校に行きたいと思っています。」

「あとSCさんから聞いたと思いますが、不思議な夢を見たんです。でもそこで、女の人の声で確か『ダ・ブ・リ・ウ・カ・タ・ニ・テ』と聞こえたんです。何でしょうかね?」

「実は俺もそんな言葉が聞こえたんだ。『ダブリウ』って、アルファベットの『W』かなあ。」

「『カタニテ』っていうのは、先生、あのアメリカの選手団が、表彰式で国歌を聞いてる時の姿……。」

「あれは『胸に手』じゃないのか?」

「訳分かんないですね、この言葉。」

＊

その日の夜、学校に一本の電話が入った。サッカー部のセンターバック、深堀文宏が交通事故にあったのだ。塾の帰り、横断歩道を渡ろうとした時に、高齢者ドライバーの運転する軽乗用車が、ブレーキとアクセルの踏み間違いによって文宏をはねた。命こそ別状はなかったものの両足を骨折し、全治三ヶ月と診断された。翌日のサッカー部に衝撃が走った。

「文宏がいなけりゃ大会はどうなるんだ。」

「守備の要じゃないか。」

そうなると一斉に彰の方に部員の視線が向く。

「彰を入れるしかないじゃないか。」

汎人も吐き捨てるように言った。

「彰をメンバーにしてやるしか選択肢はない。文宏がやっていたポジションに源を入れる。源のところに彰を入れるしかない。被害が少しでも少ない方がいいだろう。」

深堀文宏のポジションはセンターバック。ゴールキーパーの前で、ゴールされそうな危ないボールや相手選手を掃除する意味で、スウィーパーとも言う。いわゆる守りの最後の要だ。後藤源のポジションは、右サイドバック。中学生くらいのレベルだと、利き足が右の生徒が多いので、右から走り込んで攻め、センタリングを上げてくる攻撃が多い。したがって、左からの攻撃は確率としては少ない。右サイドバックは左からの攻撃を防ぐポジションなので、一番被害が少ないという理由である。草野球でいう「九番ライト」のようなものである。彰も困惑しながら、ぼそりと、

「分かった……。」

と言うしかなかった。

＊

文宏が入院している病室。文宏は小学校の頃空手をやっていたこともあり、がっちりした体型に加え、蹴りが強いということで、守りの要に起用されていた。温厚で優しい性格で気配りもでき、部員たちから相談されることも多い。そこには近田が見舞いに来ていた。

「先生、聞いてもらえますか？　昨夜僕をはねたおじいさんとその息子さんが

来て、僕と両親の前で、土下座して必死に謝るんですよ。最初は僕たちも怒りがいっぱいで、こんな高齢の方に、免許を返納させない家族もいかがなものかと言っていたんです。でも、聞いていくと、そのおじいさんが住んでいるところは、バスが二時間に一本ぐらいで、病院に行きたい時にも行けないようなんですよ。たまたまその日は病院から息子さんの家でくつろいで、帰宅しようとしていたところだったそうです。高齢者の免許返納って言うけど、息子さんから、これを機会に返納させますって約束させられていたけど、なんか、気持ちも分からんでもないなーって思って……。

ところで先生、俺の代わりに彰が出るしかないと思うんですけど、彰って相手の動きに対し反応がいいんです。一対一の練習で驚いたんですけど、フェイントでかわそうとする時、出だしはすぐついてこれるんです。きっとテレビゲームでそういう反応だけは身に付いていると思うんです。でも、あいつは足が遅くってテクニックがないので、すぐ抜かれるんです。仕方ないんですけどね。何とかならないんですかね先生……。」

＊

サッカー部の練習が始まった。部室の中の雰囲気がなんとなく重い。確率の問題とはいえ、右サイドバックに彰が入るという現実は、かなり部員の中にも抵抗感が大きかった。残念ながら、部員全員が十人で戦うしかないという覚悟を持たざるを得なくなっていた。基礎練習に入る。彰のインサイドキック（足の内側の側面で蹴るキック、確実に相手にパスできる）はまあまあだった。インステップキック（足の甲で蹴り、ロングパスやシュートに用いるキック）は全くダメであり、ほぼトウキック（つま先で蹴り、どこに飛んで行くのか分からない）である。ミニゲームをすれば、すぐ抜かれるし、そしてすぐバテてしまう。汎人の声が飛ぶ。

「邪魔にならんように、端のポジションにいろ！」

練習の休憩中、一人離れたところで休んでいる彰に、見るに見かねて、近田が声をかける。近田は彰の肩に手をやり、ぐっと力を入れる。辛い気持ちも分かるが、近田にはどうしようもならない。でも彰の体全体には、その瞬間、雷に打たれたような衝撃が走っていた。

「ハーフコートの紅白練習で行くぞ！」

汎人の声がとぶ。彰は重い心でコートに散らばっていく。不思議にも体がすごく軽い。彰はとても大きな違和感を抱いていた。軽く走っているのに、一番遠いポジションに真っ先に着いてしまう。

「おーい、お前はお飾りなんだから、全力で走って行かなくっても。」

源が言い、みんなの笑いが起こる。初めは汎人の指示通りに、彰は当然コートの隅っこにいる。ボールが左に大きく出される。左ウイングフォワードの城島純(じょうしまじゅん)が、

「彰、ケガするからどいてろよ！」

と言いながら猛スピードで突進してくる。怖かったが、少しは戦力にならなきゃと思い、彰は一歩踏み出した。純は上川台中の誰もが認めるポイントゲッターで、短気な部分もあるが部員の信頼も厚い。駿足で相手ディフェンダーを抜き去り、センターフォワードの汎人にセンタリングを上げ、汎人がゴールを決めるのがうちの得点パターンである。見た目がサッカー日本代表の大迫勇也

に似ていることもあり、鮮やかに相手ディフェンダーを抜いてシュートでもしようものなら、「城島半端ないって！」と部員からもてはやされていた。純が隅っこの彰を、あっという間に通り過ぎるはずだった……しかし彰がついてくる。

（こいつバカか？）

とさらにスピードを上げた。ゴール手前に走りこんでいる汎人を視界に入れ、センタリングを上げようとしたその時、彰が目の前に現れた。純はあり得ない状況に再び驚く。でも強豪相手に、得意のフェイントで切り返し、数多くのアシストをしてきた純である。すぐ切り替えて、再びアシストをしようとした時、また目の前に彰が立ちふさがったのである。

「うそ、マジ？」

再び本気でフェイントをかけ、再度……また彰だ……躊躇（ちゅうちょ）した瞬間、なんと彰がトウキックでクリアしてしまったのだ。

（ちょっと仕事したかな？）

と彰が振り向くと、部員みんなが呆然としていた。顔が猿に似ていて、実際に子ザルのように相手フォワードにチョロチョロまとわりつくので、現在センターバックに起用されているひょうきん者の源がつぶやく。

「彰ってすごくねえ……。」

でも汎人だけは、

「まぐれに決まってるだろう！　彰にそんな能力なんかあるわけがねえ。純は今日調子悪かっただけだ。」

汎人は彰に対する嫌悪感を丸出しにしていた。

＊

汎人の家では、父の馬場敏次（びんじ）が珍しく早帰りで酒を飲んでいる。敏次は高校・大学とラグビーをやってきただけあって、身長こそそれほど高くはないが、色黒でがっしりとした体格である。彰の母明恵の会社のトラック運転手をしていて、長距離の仕事が多く、家に数日間帰らないことも多い。

「どうだ汎人、サッカーの方は？」

「最後の大会に向けて頑張ってるさ。文宏が交通事故にあって大会に出られなくなって、あのクソ彰が、大会に出ざるを得なくなってムカついているんさ。」

「彰って父さんの知ってる奴だっけ？」

「親父をクビにした、あのクソババアの息子だよ。あのクソババアのせいで、親父は長距離トラックの運転手になったんだろ？　キャリアウーマンかなんか知らんけど、ろくに子育てもせず、息子は不登校でのろま。顔見ただけでも腹が立つ！」

「そうかあの人とのやり取りで、お前がそう思い込んでいたんだなあ。実はあの時……。」


汎人が小学校三年生の時だった。学校が学芸会の代休だったので、昼近くにゆっくりと起きてきた。台所のテーブルの上を見ると敏次の運転免許入り財布が忘れてあった。

（親父きっと困ってるんじゃないか、親父の会社のビルは分かるから、持って行ってあげよう。）

四階にある光友商事オフィスには、子どもなので勝手に入っていくことができた。そこは敏次が明恵に謝罪をしている場面だった。

「すみません。二度とこういうことはしませんので……。」

「もうやめてもらうしかないよね。せっかく何度もチャンスをあげたのに。仕方がないわね。」

明恵が気付き、敏次がふとドア付近に目をやると、汎人が立ち尽くしている姿が目に入った。

「どうした？　ああ財布か……ありがとう、ここは子どもが来るところじゃない。早く帰りな。」

その夜帰宅した敏次からは衝撃的な言葉を聞いた。

「汎人、父さんな、トラックの運転手をやることになった。」

四階の光友商事オフィスビルに明恵と敏次が向かい合っている。同期の明恵は今や敏次の上司であり、ましてや営業部長という多くの部下を束ねる重要なポストについているエリートである。敏次はというと、明恵と違い出世からは程遠く、配送係の係長である。だが、そんなことは全く気にせず、同期に気軽に会いに行くという感じであった。今日も庇いきれなくなった部下の川島欽二（かわしまきんじ）についての報告に訪れていた。部下の川島は遅配や損傷が多い。悪い奴じゃないんだが、途中ですぐ眠くなり、パーキングエリアやドライブインで長時間寝てしまうようだ。相手先からのクレームも多く、運輸部門の担当も兼ねている明恵に、今日はその報告だ。少し気が重い。

「敏次君、お待ちしてました。大変な部下を持つと面倒くさいわね。」

「明恵ちゃん、いや赤城部長。ごめん！　俺の部下だから、すごく責任感じてる。」

　その時、時間差で事務室に入ってきたのが、汎人であった。おそらく二人の視界に入らないところで、

「父さん、忘れた財布、持ってきた。」

　と言おうとした時、

「すみません。二度とこういうことはしませんので……。」

「もうやめてもらうしかないよね。せっかく何度もチャンスをあげたのに。仕

方がないわね。」

と敏次が頭を下げている時に、明恵が気付き、

「あれ息子さんじゃない？」

固まっている汎人に、敏次は、

「どうした？　……。」

財布を敏次に押し付け、汎人は事務室を飛び出して行く。

「わりいな、汎人、ありがとう。」

敏次の声は、おそらく届いていないだろう。

「そういえば汎人君とうちの彰は、同じクラスだったんだよね。彰は汎人君のことをすごく尊敬してて、運動神経はいいし、サッカーをやらせたら、誰もボールを取れないくらいうまいんだって。」

「へー、そうなんだ。あいつは俺に似たのかな？　ところで、頼みがあるんだけど、俺に現場やらせてくれないか？　長距離トラックに実は憧れがあってさ。『トラック野郎』っていう菅原文太と愛川欽也がやっている映画があっただろ？　あれが大好きでさ。その代わり手当もはずんでよ！　明恵ちゃん、い

や赤城部長なら、そのくらいなんとかなるでしょ？」

「しょうがないわね。君も父親なんだから、手当の上乗せの分、汎人君をちゃんと見てあげなさいよ。まあ人のことは言えないか。」

「親父さあ、それマジな話？　俺、勝手に彰を恨んで、親父は我慢しながら仕事をしていて、上司からハメられたかわいそうな奴で、すごい人だと尊敬してたのに……それって親父のただの趣味・道楽じゃん？　そりゃねーよ！　俺さあ、親父にずっと文句も言っちゃいけないと……。」

汎人は喋っていて涙が出てきた。

「わりいな。そんな風に思ってるなんて。少しは感じてたけど……ついつい言いそびれて……ここまで来てしまった。ほんと、ごめん。」

「じゃあ俺、寂しい思いしてきたのがバカみたいじゃん！」

「汎人、いやあ勘弁してくれや。この通り。」

手を合わせて拝むようにしている敏次。怒るのを通り越して、涙を流しながら笑ってしまう汎人だった。今まで寂しい気持ちを引きずって、斜に構えていた自分が情けなくなったが、ひたすら軽い感じで謝っている敏次を見ていると、なぜか許してしまう汎人だった。うまくいっているようないないような変な父子関係である。

「ところで彰の母さん、この前会社辞めたらしい。『母親になりたいので。』って、スパッと辞表を出したそうだ。」

「そうなんだ。彰の母さん、かっけー。」

汎人の心の中の何かが、スーッと溶けていく感じだった。

＊

「昨日みたいなディフェンスすればいいんじゃないか！」

純が彰にこぼす。今日の彰は昨日と動きが全然違っていて、フォワードに次々に抜かれている。抜かれた後も全然追いつけない。どうしたんだと、昨日の姿を覚えている部員は口々に言った。完全にいつもの彰になっている。

「彰、お前俺たちをなめてんのか？　なあ汎人、やっぱりこいつお前の言う通り使えん奴だなあ！」

　彰をにらみつける源。ところが汎人は、

「彰の体調が悪いってこともあるんじゃねーの？　今日は純の調子が良すぎたんじゃね？」

　部員のみんなが呆然とした。汎人は照れくさそうに部室へ駆け込んでいった。


「彰、今日の部活のプレーどうしたんだ？」

「僕にも分からないんですよ。」

　部活終了後、近田は彰を呼び止め話をした。

「お母さんにも連絡しておくから、今日ちょっと残ってくれないか。」

「はい、分かりました。」

「お前、昨日急に速く走れるようになっただろ？　その時のことをじっくり調べたいんだ。思い出してみてくれ。」

「あの時は、先生に励まされて、なんかビリビリッときて、急に足取りが軽くなって、信じられないくらいに足が速くなって、反射神経が良くなって……でも帰り道はすごく足が重くて……。」

「ちょっともう一回整理しよう。ビリビリきた時のことをもう一回よく思い出してくれ。」

「えーと、先生が僕の肩に手を当てて、ぐっと力を入れてくれたような、うん、肩に手を当てて、肩に手を、何か聞き覚えがある言葉だなぁ……。」

二人声合わせて、

「ダブリウカタニテ!」

ああ、あの時二人が海に落ちた時に聞いた、不思議な女の声でつぶやかれた謎の言葉である。

「相手の肩に手をやれば、何かが起きるってことかな? じゃあやってみるぞ。」

「えっ、なんか今度は変なことが起きませんか?」

「つべこべ言わんといくぞ!」

抵抗する間もなく、彰の肩に近田の手が置かれる。彰はビリビリッとくる。

「何かすごく体が軽くなった感じ。ちょっとグラウンドに出かけて行っていいですか？」

グラウンドの彰は、気持ち悪いほど素早く、きびきびとしている。ふと近田は考え込んだ後、体育倉庫に行き、巻尺とライン引きを持ってきた。

「先生、そんなもん持ってきて、どうするんですか？」

「彰、お前五十メートル走、何秒で走る？」

「えーそれを聞くんですか？　超遅いこと、先生知ってるじゃないですか……。」

「いいから教えろよ。」

「年度当初に行った体力テストですよね。えっと十一秒フラット……。」

「中三で十一秒？　遅っ！

突然だが、今から五十メートル走を計る。」

「なぜですか？」

「いいからやってみるぞ。お前がどれくらいで今走れるか興味があるんだよ。」

早速始める五十メートル走。スタートの合図。彰の走りは、気持ち悪いほどフォームが悪い。でもすごい勢いで近づいてくる。彰には失礼だが、ＳＦ映画で奇妙な生命体が想像を絶する速さで迫ってくるシーンがよくあるが、まさしくあの感じである。まるでＤＶＤの早送り再生だ。ゴールする。ストップウォッチを見ると「五秒五〇」

「予想通りだ！」

自信満々に叫ぶ近田に、彰が不思議そうに近寄る。

「俺の仮説だけど、仮説ってのはな、予想される考え方みたいなことなんだけど、『ダブリウ』っていうのは、アルファベットの『W』、つまり『二倍』のことを指しているんじゃないかな？　つまり、二倍の速さで動けるミラクルが起こることだ。」

「だから『W肩に手』か。」

「あともう一つの仮説だけど、ミラクルは一定の時間で消えて、その代償が出てくるということだ。お前はあの日、帰り道に足が重かったって言ってたよな。おそらくそのミラクルが消えたからだと思う。どれくらいの時間でミラクルが消えて、その後の重い時間がどれくらいか計っておいてくれよ。」

「なんかよく分かんないけど、ミラクルとミラクルの後の時間を調べておけばいいんですよね？」

「じゃあ遅くなったし、お母さんに電話するか。」

下校時刻後に生徒を残す場合は、中学校は必ず家庭に連絡をする。少しでも帰りが遅いと親から電話がかかってくる家が多いからである。一昔前は、帰り道に「道草」は当たり前だった。しかし、下校後に習い事に行く子が多くなったのであろうか、こうした現状なのである。

「先日は色々ご迷惑をおかけいたしました。」

「お仕事を辞められたんですね。」

「母親をちゃんとやろうかなって思って。」

「母さん、かっこつけ過ぎだよ。」

「最近あっくん、部活を頑張ってるから、今日はご飯おごっちゃおうかな？　今日はお寿司にする？　焼肉にする？」

「これからきっと体が重くなるので、焼く手が遅くなるから、お寿司でいいや。」

と近田の顔をチラッと見る。

「先生さようなら。」

＊

あの日病室で、校長たちが出た後、彰の母親明恵が入ってきた。とても疲れ果てた顔をして、有名なキャリアウーマンの顔ではなかった。

「彰のために、とんでもないことになって、すみませんでした。」

「いいえ、私の方こそこんなことになってしまって。」

「全部私のせいなんです……。」

彰自身が投げやりになって海に飛び込もうとしたのを、近田が止めたということは聞いているらしい。

「私、気づいてなかったんです。あの子がそこまで追い詰めてられていたとは……教頭先生からいろいろ聞かされました。もう少し彰君のことを考えてやってくださいって。これまでは、堂森先生がなんとかうまく彰に話してくれるから大丈夫って、呑気にしていたんです私。今回、海で先生と彰が見つかったと聞いて、私先生が巻き込んじゃったんじゃないかって、先生や彰にとんでもない失礼なことを言ってしまって……私母親失格ですよね。さっき彰に病室を出て行けって言われて、謝罪も兼ねて、先生に私の言い訳じみた人生を聞いてもらおうと、入ってきてしまいました。図々しいですよね。

私、彰が生まれてすぐ夫と別れたんです。夫は国家公務員でした。その夫の海外勤務が決まったんです。今でこそ『配偶者同行休業』がありますが、その頃はなかったので、すったもんだの挙げ句、私は仕事をとったんです。

私は仕事が面白くって、女性が働くには、子どもを預けるのは当たり前で、預けておけばプロの人が教育してくれるんだから、勝手に育つって思っていました。産休も一ヶ月のみで、育休も取らず復帰して、オムツも託児所に替えてもらい、幼稚園でも一番最初に預け、一番最後に迎えに来るのが私。園長先生に、もう少し息子さんを見てやってと、嫌味を言われたこともありました。でも仕事が忙しいのでと、悪びれずに言っていたんです。

小学校に入っても、登校前に出かけるし、放課後児童クラブ（学童保育）に、迎えに行くのは一番遅い。登校しぶりとかあっても、『彰のためにお母さんは働いているんだから。』と言うと、あの子はいつも決まって頷いていたので、この子は絶対大丈夫と思い込んでいたんです。

中学生くらいから私にほとんど口を利かなくなったし、反抗的になりました。でも担任の堂森先生が、本当によく面倒を見てくださったんです。登校をしぶっていても、家から連れ出してくれて、自分の授業も他の生徒のこともあるのに、本当に親身になってくれて、私も心の底では、悪いことしてるなっていう気持ちもあったんですけど、ついつい中学校の先生なら、それくらいのことをしてくれるのは当たり前と思う心も出てきて……ああ、すいません。めちゃくちゃ勝手ですよね。口では堂森先生に、『いつも本当にすいません。』とは言ってはいたんですけど、心の中ではちっとも反省していない自分がいて、堂森先生の入院を聞いた時には本当にショックでした。いきなり近田先生に担任が代わったと聞いて、それもママ友から、今まで悩んで休んでいたという話まで聞いていたもんですから、ついつい彰にも、近田先生に巻き込まれたんじゃないかって言ってしまい、彰にすごく叱られちゃって……私本当にどうしていいか分からなくなっちゃったんです。こんなこと、先生に話していることですら、空気が読めてないんですよね私。

先生、今度こそは私、本当の母になろうと思うんです。今からでも遅くないですよね。」

泣き崩れる明恵に、近田は頷くしかなかった。

＊

次の日の三時間目は近田の空き時間。近田と彰は、相談室にいた。

「先生、時間計ってみました。ミラクルが起きているのはおよそ一時間。体が重くなり、むしろ二倍程度動きが遅くなってると思われます。重くなる時間も同じく一時間ぐらいでした。」

「そうか『W』の効果は一時間、副作用も同じ時間ということだな。」

「先生ふと思ったことなんですけど、『肩に手』って逆もあるんじゃないですか。」

「どういうことだ？」

「僕が先生に同じことをしたら、先生もすごく速くなるのかなーと思ったりして。」

「俺は部活の大会に出るわけでもないので、別にそれは……。」

と言っている間に、

「先生も頑張って。」

と彰が近田の肩に、手を添えてグッと力を入れた。近田の体がビリビリッときた。

「ちょっと下のグラウンドで試してくるわ。」

しばらくして戻ってきたが、全然体は軽くならない。近田は、首をかしげながら、

（大人にはミラクルは関係ないんかい！　不公平な「W」だなあ……。）

気持ちを切り替えて彰に言う。

「今度の部活から、いろいろ試してみよう。一時間経ってから、もう一度肩に

手を当てたらどうなるかとか……。」

「部活は二時間以上ありますもんね。また大会も結構長丁場もあるし、でもその後がきついと思います。体も気持ちも重くなりそう。」

＊

職員室に戻り、たまった日記・ノートの点検にとりかかろうとしたら、次から次へ朱書き（生徒へのアドバイス）の言葉が頭に浮かんでくる。教材研究のレポート・指導案については、考え込んで時間ばかりが過ぎていたのが、次々とアイデアが浮かんでくる。これが自分の頭かと疑うくらい頭がさえてくる。

「頭が切れる」ってこういうことかもしれないと思う。

（これか俺のミラクルは！）

「先生って、授業をするのとテストをしたり成績をつけたりすること以外に何か仕事があるの？」という人が結構いる。世間の多くの人はそんな認識である。「学校の校門を出たら、責任と指導はすべて家庭にある。」という欧米のような意識を、多くの人が持ってもらえば、日本の教員はすごく気持ちが楽になる。

まず第一に、家庭で行うべき指導やしつけは、ほとんど学校で行わなければならないという課題がある。最近多発しているいじめの事件の根本は、学校から帰ってからのＳＮＳのやりとりからである。九割以上は、そうした交友関係のトラブルから起こっている。そのトラブルに時間をかけて、何人かの教員でチームを組んで生徒の話を聞き、家庭にも電話や家庭訪問をして、トラブル解決に向けて、必死に教員たちは動いている。こうした現状であるのにもかかわらず、スマホは子どもに必要不可欠と思って与えている親が多いのが、悩みの種である。何と文部科学省までも令和二年に、原則禁止としてきた従来の方針を改め、条件付きで学校に持ち込みを認める方針を固めたのだ。「フィルタリング」の設定、学校や家庭で使い方を適切に指導することなどを前提に、中学生がスマホを学校に持ち込むことを認めたのである。これまでは原則禁止だったのが、部活動や塾で帰宅が遅くなることもあり、防犯や災害時の対応に有効だと判断し、授業中は使用させないということである。しかし「災害や防犯」という錦の御旗の下、持参した生徒が、陰で様々なことを繰り広げることは安易に想像できる。教育現場にまた一つ負担を増やしているということが分かっていない。いじめの事件の報道に関しては、大半は被害生徒とその家庭を取り上げ、その無念さを報道し、学校の対応のまずさを厳しく糾弾している。その後は学校や教育委員会の対応を批判的に延々と取材していく。しかし、加害生徒のコメントや、その保護者の考えを取材するものは、腫れ物にさわるように、一切ない。確かに学校の対応が良ければ、そうした事件は重症化しないが、そもそも加害生徒がどんな風に家庭教育やしつけを受けて、どんな生徒だったのか、そちらをもっと検証すべきではないか、そうすればもっといじめ事件が減るといつも思う。

「いじめたつもりはなかった。」

「相手の子が笑っているので、喜んでいると思った。」

大半の生徒はそう言う。

「まさかうちの子が。」

「相手の生徒さんにも問題があるんじゃないですか。」

「担任の先生の指導が甘いんじゃないですか。」と大半の加害生徒の保護者は言う。加害生徒やその親に神経をすり減らしながら費やす時間が結構取られている事情は、あまり知られていない。本来なら家庭で、相手に対する思いやりや、ＳＮＳの危険性は指導されるべきことであるが、その教育場所は家庭ではなく、学校の「道徳」や「情報モラル教育」で教えているのが現状である。

第二には、教員は研究者の集団であるということである。一時間の授業に、多くの時間をかけて準備をする。良い授業良い指導方法、それを追究するにあたり、多くの時間を費やしている。新任研修・〇年目研修・授業指導訪問・現職教育・教育研究協議会などの多くの研修を行っている。そうした一授業一実践に向けて、膨大な指導案やレポートを作成していくのにも、多くの時間を費やしている。

第三に報告書類の多さがある。もしかして事件が公になった時にはきちんとした証拠がないといけない、そんなことが言われるようになり、生徒指導の事件が起こるたびに、時系列で詳しい報告書を作成する。また、そのための会議にはきちんと議事録も作成していかなければならない。政府の偉い人たちは、議事録をなくしたの、つくっていないのと平然と言っているのに、そんなところにも多くの時間を割いているのが教育現場である。

第四に、相手を思いやった対応である。家庭訪問や保護者会の日程を決めるうえで、勤務時間内の五時までに終えたいところだが、親たちは平気で夜七時・八時を希望したり、中には強く休日を要求したりする時もある。「仕事があるのですみません。」とは言われるが、じゃあ市役所や銀行の窓口で、同じようなことが言えるのだろうか？　教員が早目の帰宅をして、家族の夕食の準備をする、デートや趣味の時間を確保することはダメなのかと思えてしまう。

第五、最後には、一生懸命にやればやるほど時間がかかるということである。生徒の心に触れるように、毎日の日記に、思いを込めて朱書きを入れる。きちんと分からないところを、分かるようにするために、ノートやプリントにポイントを朱書きする。感動的な体育祭（運動会）や文化祭（学芸会）等の行事にするために、何十時間も話し合って、良いものを作ろうと努力する。その他にも、学年行事・地域連携行事・学級で決めた会など、日々のそんなことが、仕事として最後まで終えることができないのが教員の仕事である。

文部科学省は、そうしたことが把握できているのかできていないのか分からないが、どんどん新しいことを要求してくる。近年で言えば、道徳の教科化・小学校英語の教科化・コミュニティスクール・プログラミング教育、挙げればきりがない。そのために膨大な研修時間や書類作成があることは、あまり知られていない。教員の労働時間数が問題になっているのに、指導内容を増やすことばかり。減らす対策と報じられたのは、会計事務を行う補助教員・交通指導を行うのは保護者・部活指導を補助する人の増員……はっきり言って小手先の対策である。それをしっかりと計画するのは、正規の教員等であり、負担が多くなる。なぜ大きく改革をしないのだろうか？　例えば一学級四十人というのを半分にするとか、規定授業時間数を半分にするとか、部活動指導を完全になくすとか、教員数を倍にするとか……どれもお金がかかるので、なかなか提案できないのは分からないではない。ただ、現場の教員は疲弊して、療養休暇や休職に入ってしまう者も多い。マスコミも教員を叩くことばかりで、良いイメージを持たれない職業として捉えられている。そのせいか、教員に就職希望する者は、年々減少している。志望者が三倍を切ると質の低下が懸念されるという。ちなみに令和二年度は、三倍を切ったそうだ。これではどんどん教員の質が低下するのが目に見えている。何とかならないものだろうか……。

絶好調の職員室での空き時間だった。しかし授業時間になったら、がっくりスピードが落ちた。口調はゆっくりになるし、数式を板書するスピードも極端に落ちた。

（キター、「W」の副作用だ。こっちの副作用は頭の回転じゃなく、スピードかよ。頭の回転が半分になるよりはいいか……。）

「近田先生、どこか調子悪いんですか？」

と、今では心配してくれるようになった優しい生徒たち。

「では、今から抜き打ちの復習テストにします！」

とゆっくり（しか言えないが）はっきり言う。

優しい言葉を掛けてくれた生徒に対するお返しである。教師には、こうした副作用に対する緊急対応策があるのだ。

「W」ミラクルの実験をいろいろやってみた。一時間経過後、「肩に手」は同じ効果で、同じ時間の副作用。それは、彰が行っても、近田が行っても効果は同じであった。

＊

「みんな聞いてくれ。」

近田がクラスの生徒に呼びかける。

「体育祭の応援合戦なんだけど、級長からもなかなかいい案が出なくって、困っていると聞いた。実は、彰からみんなに提案があるそうだ。」

「あのー、僕はみんなに偉そうに話す資格なんてないと思うんだけど、学級役員が困っていたので、先生に相談したんだ。その時、印象に残っていたダンスがあって、これを体育祭でやったら凄いだろうなーって思ってたんだ。僕は不登校だった頃、ゲームやユーチューブばっかり見てた。」

「これがそのダンスだ。」

近田が、大型テレビにその映像を流す。

「すげー、かっけー。でもこんなんできるんかなあ？」

ダンス自体は気に入っても、クラスメイトはキレッキレの複雑な動きを見て、口々に不安を語る。

「僕もこのままでは難しいと思う。でも冒頭とサビの部分は少し優しい振付にアレンジして、歌詞も『三年四組優勝ガンバ』って変えるといいと思うんだ。」

「彰、みんなに踊って見せたら？」

と肩に手をやる。

（彰って踊れるの？）

と教室内が微妙にざわざわする。ＤＶＤの再生に合わせて、彰のキレッキレのダンスが展開する。クラスのみんなが呆然とする。

「すげー。」

「かっけー。」

「プロみてー。」

終わった時に、彰は大歓声と大拍手に包まれた。生まれて初めて味わう感覚である。

「彰すげー。」

「お前最高。」

「サッカー部で、彰がすごい頼りになってきたって、汎人から聞いてたけど、俺全然信じてなかった。今ので信じた。すげーわ彰。」

級長の恵美が言う。

「じゃあ彰くんの案で、決まりでいい？　あと時間もないので、ついでだけど、応援合戦のリーダーは彰くんでいいかな？」

「僕がやるの？」

学級全員が頷きながら大拍手を送る。まぎれもなく全員が彰に賛同し、心から送った拍手であった。

前日の相談室。近田と彰がいる。

「彰、お前に相談がある。」

「何ですか？」

「体育祭が近づいているんだけど、応援合戦の内容が全然決まらなくってなあ。」

「はあ。」

「お前、あのテトラポッドで、俺に話をしてくれた時、ユーチューブで見るダンスが大好きだと言っていたよな？」

「はあ……。」

「うちの学級の応援を考えてくれんか？」

「無理ですよ！　第一、踊れませんし……。」

「『W』があるだろう？」

「部活以外でも使うんですか？」

「お前サッカー部だと少し居場所ができただろう？　でもまだ教室にはないよな？」

「まあ、はい、級長の江藤さんが話しかけてくれるぐらいで……。」

「一挙にお前をスターダムに押し上げる！　やってみないか？」

「みんな受け入れてくれますかね……。」

「大丈夫だ。時間がない。そうと決まれば、明日の学級活動に決行。明日の朝、早く登校して、気に入った動画のUSBを持って来い。」

「はい、分かりました。」


「森本（もりもと）君、もっと指をまっすぐに！」

「中村（なかむら）さん、腰をもっとしなやかに回して！」

　彰の指示が飛び交う。それに従うクラスメイト。丁寧に細かいところまで、優しく褒めながら指導する彰に、クラスメイトも好意的だ。「先生、彰くん、すごいですね。ありがとうございます。彰くんを引き上げていただいて。」

　と恵美が近田に言う。

「江藤さんこそありがとう。彰は江藤さんだけは、いつも話しかけてくれていたって言っていた。だからこの企画も君に相談したんだ。」

「先生、私、アメリカからの帰国生徒で、小学校一年生の時に転入してきたんです。まだ小さかったので、ついつい英語が出てしまい、変な日本語になるので、いじめられていたんです。教室で一人ポツンとしている私のところに来てくれるのが、彰くんだったんです。『恵美ちゃんの日本語かっこいいな』っていつも言ってくれたんです。だからこそ、中三で彰くんと一緒のクラスになって、孤立していた彰くんに、なんとか立ち直ってほしいと思っていたんです。」

「そうか、そうだったんだ……。」

「ところで全然話が変わってしまうんですけど、近田先生って変わりましたよね？」

「へーそうか？」

「最近の近田先生の授業、分かりやすいねとか、体育祭への盛り上げ方とか、すごくやる気になるとか、評判いいんですよ！」

「そ、そうか？　……。」

「やだー先生、赤くなってる！　中学生みたい。」

「大人をからかうなよ。」

「でもね、今だから言いますけど、始業式に堂森先生の担任と聞いて、やる気になった数日後に、近田先生に突然代わって、みんな大ショックで……おまけにいつも自信なさそうに話していたし、提出したものもなかなか返ってこないし……また休んじゃうんじゃないかって心配していたんです。すごい生意気な失礼なことを言ってますね私。ごめんなさい……。」

「恵美、ありがとう。なんか俺、教師やってて良かったみたい。」

近田の目が少し潤んだ。教師としての自信が、少しずつだが戻ってきている感じがする近田であった。

三年四組の応援は学校全体の最優秀賞をとり、彰はクラスメイトから胴上げをされた。

彰の飛びきりの笑顔の中に、感激の涙も含まれていた。

*

「先生、今日の帰りに、少しお時間取れますか。」

汎人が部活の帰り、近田に声をかけた。年度当初、近田に反抗的だった汎人が初めて相談を持ちかけてきた。少し緊張する。

「先生、彰の変身ぶり、ありがとうございます。先生のおかげです。あいつのプレーはぎこちないけど、確実で頼りになります。何しろ左からの攻撃を、一〇〇％防いでくれるからです。そこでお願いですけど、あいつを守りの要のセンターバックにしてくれませんでしょうか？　俺、あいつのこと大嫌いだったんです。のろまで、はっきりしない所もあるんですけども、個人的に、親同士のこともあって……でも最近、それが自分の思い込みの勘違いだということが分かって。なかなかあいつに素直に謝ったり、話したりできないんです。」

「お前がそういうのなら、ポジションチェンジをしよう。俺も実は同じことを考えていたんだ。」

「先生って変わりましたね。失礼を承知で言いますけど、すごく勉強されているんじゃないですか？　俺、以前は先生のこと大嫌いだったんです。自信なさそうにして、俺たちの顔色ばかり窺ってる感じで。以前は戦術のせの字もなくって、俺たちに聞いてばかりいたんですけど、最近は的確な戦術や指導で、俺たちも実は先生にすごく信頼を置いているんです。」

「おい照れるじゃないか……何か俺、教師やっててよかったみたいだな。」

近田の目がまた潤んだ。教師としての自信が確信に変わってきていた。なんか以前、松坂大輔がこんなこと言っていたと、一人ほくそ笑む近田であった。

*

上川台中学のサッカー部は、今回の大会で廃部となる。堂森が鍛えてきただけあって、城島純が左から切り込んで、センターフォワードの馬場汎人が決めるパターンで、得点を挙げてきた。しかし、フォワード陣と比較すると、ディフェンダー陣は深堀宏文や後藤源が頑張っているもののやはり層が薄く、失点も多い。ゆえに得点の取り合いになって、結果的に負けるというパターンもよくあった。

市内大会が始まった。初戦は、桜平北中学校である。彰はセンターバックに起用された。フォワード陣の活躍で、前半は二対〇でリード。桜平北中は、あまり強くない学校だが、最近一人、ブラジルからの転校生で、やたらドリブルが上手い選手がフォワードにいた。彼は上川台中のディフェンダー陣を、軽々と抜いていって、さあフリーでシュート！　と思った途端、目の前に彰が現れ、トウキックでドカーンとクリアされるのである。ブラジル人の彼は、いつも不思議そうに首を傾げていた。結果は五対〇の圧勝！　その後、二回戦・三回戦も同じような展開であった。フォワード陣は、やはり相手が強くなると苦しかったが、純と汎人のコンビネーションで必ず得点を決めた。ディフェンダー陣は彰の活躍で、ペナルティエリアからのシュートはゼロであった。これで決まり、と相手のストライカーが思った瞬間、彰がトウキックでクリアをするのである。だからミドルシュートしか打てない。上川台中学校のハーフ陣は、得点力こそはないが、持久力があるので、少し下がり気味になって、二～三人で取り囲み、相手ストライカーに食らいつき、ミドルシュートを外させた。彰に絶大な信頼を置いているせいか、ある試合では、キーパーの佐藤颯太（さとうそうた）が大胆に飛び出してディフェンスをしたのはいいが、相手フォワードにかわされた挙句、決定的チャンスとなったが、ゴール前で彰のトウキッククリアで防いだこともある。彰は市内のサッカー部から、「忍者のセンターバック」とささやかれるようになった。上川台中学校の勢いは止まらず、なんと創部初の決勝まで進出した。決勝の相手は三年連続全国大会出場の犬打丘中学校である。

＊

「なあ彰、今日一緒に帰らないか？」

汎人に言われた。普段帰路は全く逆方向で、汎人が彰を一方的に嫌っていたこともあり、当然二人が一緒に帰ったことはない。今日は汎人が遠回りをして帰ると言う。

一瞬驚いた彰だが、

「いいよ。」

と迷うことなく答える。部活ではプレーに関する会話はするものの、プライベートで話すことはなかった。微妙な緊張感がはしる。二人は、まるで初デートの恋人たちのようにどこかぎこちない。面と向かって初めて話す。

「明日、頼むな。」

と汎人がしばらくの沈黙を破りつぶやく。

「自信ないけど頑張るよ。」

と彰がはにかみながら答える。すると汎人が突然頭を下げて、

「彰、ごめん。俺、お前にひどいことばかり言ってたよな。今更どれだけ謝っても、取り返しのつかないことだけど……。」

「いいよ。気にしてなかったよ。」

「それは嘘だろう？　お前寂しそうな顔してたもん。俺さあ、親父がトラック運転手やってるんだけど、お前のお袋さんのせいで前の仕事クビになったと、ずっと信じ込んでいてさ。」

「うん分かる。僕の母さん、ちょっと前までなら、そんなこと平気でしそうなタイプだったもん。」

ニコッとしている彰。

「でもお前のお袋さん、仕事辞めたって、親父から聞いたけど……。」

「うん、あの海の事件でさ、相当こたえたみたい……スパッと辞めて、パートのおばさん。今や学校に出かける時も、学校から帰ってくる時も家にいて、うざいくらい。本当は、もっと小さい時にやってほしかったんだけどな……逆に

ちょっと申し訳ない気持ちもあるんだよなあ……。」

「でも、お前は体を張って、お袋さんに抗議したもんな。俺も父子家庭だから、親父が長距離トラックで帰ってこない日もあって、一人でご飯ってよくあった。小さい頃は寂しかったなあ。」

「僕がやけになって海に飛び込んだことになってるんだけど、そういう場面が少しはあったことは否定しない。でも、実は大きな波が突然来て二人ともさらわれたんだ。内緒の話だよ。まあ、中学生が自殺を図って、それを先生が助けようとした方がドラマチックだからね。」

「そりゃそうだ。近田先生もヒーローになったしな。ハハハハ。」

「ところでうちの母さん、君のお父さんと親しいみたいで、この前会って話したみたいでさあ、近距離トラックへのシフトに変えてもらうつもりだってさ。」

「それって嬉しいようで、うざいじゃん。」その後、まるで昔から仲が良かったように、二人は笑いながら、暗くなるまで話し込んでいた。

「彰、じゃあまた明日な！」

「汎ちゃん、相手は強敵だけど、絶対勝とうな。」

「汎ちゃん」と、初めて気軽に呼んだ彰も言われた汎人も清々しい笑顔で別れていった。

＊

決勝戦の日を迎えた。天気は快晴で絶好の大会日和となった。相手は三年連続で全国大会に出場している強豪犬打丘中学校であり、当然のことながら、楽勝ムードできている。

「今日の試合はゲストを呼んであるぞ！」

近田が部員たちに、いかにもサプライズと言わんばかりに大げさに紹介する。堂森大地が、車椅子を押してもらいながら登場する。

「堂森先生！」

「先生、大丈夫ですか？」

部員たちが口々に叫び駆け寄る。あっという間に取り囲まれる。いかに堂森が慕われていたかを示す部員たちの行為に、近田も呼んでよかったと思うと同時に、堂森を羨ましく思った。

「今日はお前たちの晴れの舞台なんで、近田先生が私に、熱烈なラブコールをしてくれたんだ。本当は、原則外出禁止なんだけど、院長に頼み込んで、一日限定で許可してもらったんだ。」

スタンドを見上げると、校長をはじめとする学校の先生たちがいる。大勢のサッカー部の保護者たちが揃っている。彰の母親は、楽しそうに他の保護者と話をしている。残念ながら汎人の父の姿はなかった。トラックのシフトが、うまくいかなかったようだ。

試合が始まった。やはり犬打丘中学校は違う。両サイド、真ん中からも、縦横無尽に攻めてくる。最終的には、彰のトウキッククリアがあるのだが、あまりにもその回数が多かった。フォワード陣も、純や汎人へのマークがきつく、プロ顔負けに、審判に見えないように、ユニフォームを引っ張ったり、肘を入れたりしてくるのである。とくに純は何度か倒され、ファウルをアピールするが、一度もフリーキックを得ることはなかった。そして防戦一方かつチャンスらしいチャンスもないまま、〇対〇ので前半が終了する。

上川台中イレブンは、相当疲れている。純がものすごい剣幕で怒っている。

「なんだよあいつら、汚ない手を使いやがって。」

汎人がなだめている。

「キレちゃだめだぞ。我慢しろ！」

そんな彼らを見ていて、我慢しきれなくなったのは近田の方だ。思わず相手校のベンチまで行って、監督に自分の感情を抑えながら、

「あのー、中学生らしいプレーでいきませんか。」

と言った。相手の監督は、ニヤリとして、

「これが全国レベルの中学生プレーですよ。何かご不満があるのなら、監督の指導力不足じゃないですか？　うち相手に、先生の学校は随分健闘されていてすごいじゃないですか。じゃあ後半は、レギュラーの投入で、本格的にいきますから、よろしくお願いします。」

と言われ、返す言葉がなく引き上げてきた。そのやりとりを正直に部員に話した。

「えーっ、もっとすげー奴が出てくるの？」

部員に動揺がはしっている。この情報は、逆効果だったかもしれないと近田は後悔した。けれどもう遅い。開き直って、近田は部員たちに檄を飛ばす。

「うちらはうちらのスタイルしかない。相手も同じ中学生だ、気持ちで負けないようにしよう。」

近田は、「肩に手」を彰だけではなく、大会中は、全員に同じことをしている。他の部員に悟られないためもあるのだが、彼らにも、ミラクルが起こるような気がしてやっている。サイドバックだった深堀文宏も、松葉杖をつきながら、気づいたことをメモし、それぞれに渡している。彼はコーチとして、常に試合を分析し、一人一人にメッセージを送っている。汎人が掛け声をかける。

「上川台中、死ぬ気でやるぞ！」

「ウォーッ！」

上川台イレブンが散っていく。いよいよ後半戦だ。

後半戦に入った。相手フォワード陣は三人選手交代をしてきた。トリッキーなパスやドリブルで、上川台中学校のディフェンダー陣は翻弄された。最終的には彰のトウキッククリアだった。彰自身も、トリッキーな動きを察知し、できる限り体力を消耗しない動きを心掛けていて、随分と進化していた。

二日前、近田と彰はこっそり公園で五十メートル走を計測した。タイムは「W」の効果がなくて九秒ジャストだった。

「すごいぞ彰！　百メートルに換算すると九秒と少し、今なら桐生祥秀やサニブラウンにも勝てるかもな。いやオリンピックで優勝できるかも……。」

「先生やめてください。ただでさえ今でも、よその学校から、いつの間にかゴール前に現れる『忍者みたい』だって言われてるんですよ。これ以上騒がれると、「W」の秘密がバレちゃうじゃないですか。」

「そうだよなぁ……陸上競技界の幻のスプリンターの育成は失敗か！　あははははは。」

ボールのほとんどは、犬打丘中学校が支配していた。純も汎人も、かなり守りに回るしかなかった。もう上川台中は疲労の限界に近づいていた。延長戦までは体力がもたない。彰はスピードこそは二倍だが、持久力やスタミナは別物だ。ましてやPK戦なんて……頼りにできるのは、純と汎人しかいない。犬打丘中学校は、戦法を変えてきた。ペナルティエリア外から、ミドルシュートを多用してきた。前半と違い、後半のメンバーは、威力も精度もすごかった。ただゴールのポストやバーに当たり、すんでのところで失点を免れていた。でもそれは長くは続かなかった。後半二十五分、相手のミドルシュートがゴール右隅に突き刺さった。上川台中イレブンは、張り詰めていたものが切れたかのように、グラウンドにへたり込んだ。中学校のサッカーの試合は、三十分ハーフである。もうあと五分しかない。万事休すか。誰もがそう思った。盛り上がる犬打丘中学校スタンドに比べ、上川台中学校スタンドは、もう負けを確信したかのように意気消沈してしまっていた。

「汎人、こんな時こそ、キャプテンが声をかけろよ！」

遠くから汎人の父敏次の声が聞こえた。

「俺は口下手で、声も大きくないんで、営業に向かないし、出世もできない。」

と言っていた父敏次だったが、スタンド中に響き渡るような大声で叫んでいたのだった。トラックで急いで会場に直接乗り入れてきたばかりだった。

（親父、来てくれたんか。）

これまでにない敏次の思いが体中に伝わり、汎人の目にはうっすら涙が滲んでいた。

「上川台中、まだ一点だ。」

大声で叫ぶキャプテンに続き、

「切り替え、切り替え！」

「ドンマイ！　ドンマイ！」

みんな口々に叫んだ。それに釣られるかのように、上川台中学校のスタンドも、悲痛な叫びに近かったが再び大盛り上がりとなった。

審判のホイッスルが響き、試合が再開した。ところが、犬打丘中学校は攻めてこない。ボールを回し始めた。ワールドカップロシア大会で、西野監督が対ポーランド戦でとった戦法だ。

（中学校の大会でそれやる？　……。）

近田は怒りを通り越して呆れた。怒りと焦りの上川台中学校のスタンドからは大ブーイングである。犬打丘中学校の監督は、これも作戦と言わんばかりに平然としていた。泣いても笑ってももうあと五分を切っている。その時近田が満を持したかのように、大きな声で叫んだ。

「作戦Kだ。行け！」

彰以外の選手が一斉に前に上がる。相手のパスが出た瞬間、近くの四人以上で相手選手を囲む。前後左右のパスコースを阻む思い切った作戦である。だが、うまくパスカットができなければ、守りが彰一人になるので、逆にどこからでも攻め放題という捨て身の戦法だ。相手選手の一人が奇襲に動揺し、焦って甘いパスをしたところを、上川台のハーフが上手くパスカットをする。そこから純にロングパスを通す。猛スピードで走っている純に渡った。いつものように振り切ろうとするが、しつこい相手サイドバックは、審判に分からないようにして、ユニフォームをつかんでくる。

（くそっ、離れやがれ！）

強引に最後の力を振り絞って、振り切った時、〝ビリッ〟ユニフォームが破れる音がした。思わずバランスが崩れ倒れそうになるが、必死に踏ん張って

「汎人、頼む！」

と叫んでゴール前に、センタリングを上げながら倒れる。ゴール前に走り込んでいた汎人。いつも自分にマークについてくる相手選手が、前に立ちはだかる。純からのきれいなセンタリングが上がってきている。相手は、いつものように肘で妨害してきたが、審判から見てちょうど相手選手との死角になるところで、汎人は、犬打丘中顔負けの技で、ぐいっと相手のユニフォームを下に引っ張ってやった。バランスを少し崩す間に、汎人は鮮やかなジャンプで、頭に合わせてゴールを決めた。ゴールネットに突き刺さる！

〝ゴォォォォォール！〟

起死回生の同点ゴールである。上川台中スタンドは歓喜を爆発させ、狂喜乱舞の大歓声を上げている。あと残り三分である。審判がゴールを告げるホイッ

スルを鳴らしながら、倒れている純と相手選手の方に駆け寄ろうとした時、思いがけないことが起こった。純が起き上がった時に、怒りに任せ、相手選手を蹴ってしまったのである。純には自分のすぐ後ろにいる審判なんて目に入ってなかった。当然それを目の当たりに見た審判は、即座に純に対し、レッドカードを出した。純には何が起きてるのか分からなかった。

「だってこいつが、このユニフォームを破ったんですよ！」

と純が激昂して審判に詰め寄る。上川台中学校の選手は、先ほどの笑顔はどこかに消え、純に駆け寄り必死に止めに入る。歓喜が一転して、失望や不安のどよめきに変わる。一度下された判定は残念ながら覆らない。純の気持ちは悔しいほど分かるが、暴力行為をしたのは事実だ。

「戻ってこい！　お前は退場行為をしたんだ。相手選手に謝れ！　スポーツマンらしく下がれ！」

近田が、スタンド全体が静まり返るくらいの大声で叫んだ。近田は気持ちをどこへぶつけていいか分からなかった。怒りで涙が滲んでいた。純は倒された相手選手に頭を下げた後、我慢しきれず、泣きじゃくりながらベンチに戻る。

誰もが純の無念が分かっていた。

試合が再開した。もう時間がない。延長戦までは体力が持たない。相手チームは、今度は嵐のように攻めてくる。ただでさえ苦しいのに、しかもこの残り時間で十一人対十人の、一人足りない状況は絶望的だ。みんな息が上がっている。汎人を含むフォワード陣も、やむを得ず引いて守る。

その時、また事件が起こった。汎人にボールが渡った瞬間、相手の猛烈なタックルが襲う。ファウルすれすれのプレーだ。汎人は無理してかわそうと、ターンした途端、〝グキッ〟と右足から音がして、激痛がはしり倒れた。

（くそっ。）

と思い、起き上がろうとしたが、痛くて起き上がれない。そんな時に、鋭いミドルシュートが、ゴール右上隅に炸裂した。彰でもミドルシュートはどうすることもできない。

（あー終わった。）

と彰が思った瞬間、キーパーの颯太が、果敢にゴールポストに激突しながら、飛びついてキャッチしていた。颯太は小学校時代にバレーボールのクラブチームに入っていて、ジャンプ力は学年一の並外れたものを持っていた。手足も長く、「上川台中学のスパイダーマン」と、自画自賛していた。

「一応俺だって、上川台中学校の正キーパーだぜ。彰ばっかりに、迷惑かけれないさ。」しかし、そうは言ってるものの、肩を強打したのだろう、激痛で苦しそうに立ち上がる。

「颯太、大丈夫か？」

その時、グラウンドに倒れていた汎人が叫ぶ。

「彰に渡せ！」

「彰、後は頼む。」

昨日の帰り、汎人と話していた時、こんなやりとりがあった。

「まさか、ないとは思うけど、相手のマークがきつくて、純や俺が潰されて、動けなくなることだってあるかもしれない。そんな時は、お前が一人でゴールまで攻めて行け。」

「汎人君、僕フォワードやったことないんだよ。」

「いや、今のお前はどんなフェイントでもついていける。その逆をやれば、絶対相手をかわせる！　そしてお前のスピードには誰もついていけない。」

時間は一分もない。周りをちらっと見ると、仲間は疲労の極地。膝に両手をついて、肩で息をしている者たちばかりだ。キーパーの颯太からボールをもらう。犬打丘中学校の最強フォワード陣がボールを取りに行く。一つのフェイントぐらいでは抜けない。彰は二つ三つのフェイントを鮮やかに行って、一人、二人と抜いていく。相手中学校の最強フォワードの動きがスロー再生のように見える。相手の中盤からペナルティエリアへ向かう彰は、怒濤のドリブルとフェイントを繰り返し、相手ゴールにどんどん突き進んでいく。クリロナやメッシも顔負けの技とスピードである。相当へたばっているものの、早いし速い。今のスピードなら桐生やサニブラウン選手にも負けない。相手の最強のディフェンダー陣も、スピードについていけず置いていかれる。最後のセンターバックもかわし、ついにキーパーと一対一になる。

「右だ！」

汎人の大きな声。彰は体を右に向けて、大きく右足を引いて振りかぶった。

（大きな声で言ったら分かってしまうじゃん。やっぱりこいつら素人だな。）

相手キーパーは、ほくそ笑んで大きく右に飛んだ。と、その瞬間、彰は蹴るのをやめ、くるっと左にドリブルを始める。そのままゴール右に倒れるキーパーと、逆の左方に、なんと彰はゴールの中までドリブルをしていった。

〝ゴォォォォール！〟

会場中が歓喜と悲鳴でどよめいた。「ピッピピッピー」と試合終了のホイッスルが両校の死闘の終わりを告げる。上川台中の仲間たちが、歓喜と感動のあまり、顔をくしゃくしゃにして彰に駆け寄る。犬打丘中学校の選手は、何が起きたのか分からないという表情で、うなだれたり、呆然としたりしている。仲間に両肩を支えてもらいながら歩く汎人が彰に、

「よく覚えててくれたな彰。」

「うん、汎ちゃんが、いざという時は、俺の指示と逆のことをやれ。それがフェイントになるからって言ってたもんな。」

「じゃあ、なんで最後かっこよくシュート決めなかったんだ。バカみたいなゴールじゃん。」

「だって、僕のトウキック、どこに飛んで行くか分からないもん。」

「そりゃそうだ！」

みんなで笑いあった。純が抱きついてきた。涙を流しながら、

「ありがとう彰。ありがとう彰……。」

近田をはじめ、ベンチの堂森、スタンドの恵美、敏次も泣いていた。

閉会式後、胴上げが始まった。近田・汎人・彰の順だった。


市内優勝の上川台中学校だったが、地区大会は一回戦、〇対五で完敗した。彰は両足の疲労骨折で欠場。普段運動してない者が、無理をし過ぎた結果であり、やむなく車椅子での参加となった。汎人は足首の骨折と診断され、ギプスを付けた松葉杖状態。文宏が復帰はしたものの、十人のメンバーで、エースストライカーと、鉄壁のセンターバックなしでは上川台中学校が勝ち抜ける要素はなかった。

＊

大会から七ヶ月余りが過ぎた。上川台中学校は卒業式を前日に控えていた。卒業生は午前中に下校し、在校生は式場の準備が終わり、準備を終えた生徒は下校している最中だった。体育館では、送辞を読む在校生代表生徒と、答辞を読む卒業生代表生徒が体育館に残って、学年の教師の指導を受けている。彰が近田に尋ねる。

「先生、僕なんかが、答辞を読んでいいのでしょうか。」

「これは学年の先生方の総意だ。何も臆するところではないぞ。」

「こんなにいろんな迷惑をかけた過去がある生徒に、こんな晴れ舞台は、いいのかなと思って。普通、生徒会長のような子じゃないですか？」

「お前だって、一応生徒会執行委員じゃないか。」

「でも先生、こんな夢のような日が来るなんて、未だに信じられません。」

「彰、俺もだよ……。」

夏の大会が終わり、夏休み終盤に彰が近田に相談に来た。

「先生、『W』のミラクル、もうやめにしませんか？　実は僕、副作用がすごくって、結構家に帰ってから辛かったんです。ほとんどゾンビのように、ゆっくりまったりの世界でした。母には『何でそこまでになるの？』とあきれられていました。」

「分かった。お前が望むならそうしよう。大会も終わったし、俺もそろそろ潮時かなとは思っていたんだ。あと、進路だけど、普通の高校でいいか？　実はいろんな私立のサッカー強豪校から、話が来ているんだけど……。」

「やめてください。僕は普通の高校生になりたいんです。キャンディーズみたいに……。」

「お前古いこと知ってるなあ……ちなみに、俺はスーちゃんが好きだったけどなあ。亡くなったとき落ち込んだなあ。おっと、分かった。そっちの高校の方は何とかしよう。俺も高校まで行って、『肩に手』は嫌だからなあ。ところで、俺への『W』ミラクルは、悪いけど、九月まで下校の時に、『肩に手』をお願いできないか？」

「分かりましたよ。先生、いい論文書いてくださいよ。」

と、近田の肩に手をやった。

「キター！　今日は仮説の検証だ。」

その秋には、生徒会役員選挙があり、クラスメイトから背中を押された彰は、執行委員に立候補した。「忍者」で「ダンサー」の彰は、結構全校にも噂が広まっていて、サッカー部員の強力な応援もあり、長身で母親の明恵似の美形なことも相乗効果となり、なんとトップの得票数で当選した。文化祭では生徒会執行委員として、舞台発表を取り仕切り、大成功を収めた。

一方近田は、教育論文で最優秀賞を獲得した。教員の世界には、当然のことながら営業成績がない。ノルマを大幅に上回れば、出世するということはない。校内では、校長らが仕事ぶりを見て、どう評価するかにかかってくる。校外では校長も含めて、教員仲間の世界で、どんな出会いがあるかで、教員の運命は決まるのである。評価で効果が高いのは、教育論文や教育実践レポートである。実践論文やレポートが入賞すれば、高評価となる。近田も校長から、市の研究員に推薦され、来年度から、その任務に就くことが決まっている。教員になって、初めての出世コースに乗った感が出てきたのである。


「明日はお母さんの前で、いいとこ見せんとな。」

「絶対泣かしてやりますよ。あと先生たちだって、泣いてもらいますよ。」

「おいおい、答辞ってのは、女子が泣きながら読むと、涙を誘うんだぞ。お前が気合いを入れて読んでたら、誰が泣くもんか。」

「先生こそ、緊張して、卒業生を呼ぶ時、名前を間違えないでくださいよ。」

互いに「肩に手」を置いた。でも、ビリビリッとくるものは、既になくなっていた。

「『W』の力に頼ってる時は終わったんだ。俺たちは、自分の力で人生を切り開いていかないとな。」

「はい、そう思います。では明日頑張ります。」

＊

卒業式当日も大会の時と同様に快晴だった。保護者席には彰の母親、汎人の父親の姿があり、隣同士の席で談笑している。職員席には、堂森の姿もあった。来年度の復職に向けて、毎日短時間の勤務をしているのである。

卒業式が始まった。まずは卒業生入場である。胸に花をつけた卒業生が、緊張の面持ちで入ってくる。その後、メインの卒業証書授与。大きな学校は代表生徒に授与されるが、ほとんどの学校は一人一人に、担任から呼名され、校長から証書を受け取る。近田は間違えずに生徒呼名が終了し、ほっとする。呼名間違いは絶対やっちゃいけないと、教員はみんな思っているのだが、緊張のあまり、名前を間違えたり飛ばしたりしてしまうのだ。

その後、校長式辞・来賓祝辞・在校生送辞とくる。送辞は、来年度のリーダーとして、期待される生徒が選ばれることが多い。堂々とした立派な送辞だった。

「卒業生答辞。卒業生代表、赤城彰。」

「はい。」

司会進行の教務主任に呼ばれ、元気に返事をしてマイクの前に立つ彰。

「長く厳しかった冬も、ようやく終わり、春を告げる……。」

堂々とした出だしで始まった。一年生の出来事、二年生の出来事と滞りなく触れて、振り返っていく。ここまではよくあるパターンで、これからが彰の真骨頂だ。

「……という一、二年生の思い出は、実は僕にはありません。僕は不登校でした。たまに保健室や相談室に、人目を避けるように登校し、みんなが楽しそうに、体育祭・合唱コンクール・文化祭とかの練習をしているのを羨ましくというより妬ましく思っていました。誰かから何かを言われるのが怖くて、学校という存在から逃げていました。先生が悪い、友達が悪い、親が悪いと全て他人のせいにして、自分を正当化してきました。そんな自分を変えようとしてくれたのが一、二年生担任の堂森先生でした。一年生の頃の僕は、心が子どもで、堂森先生の言葉がお経のように思えて、理解できませんでした。でも毎日のように、電話や家庭訪問をしてくれたおかげで、二年生の時には、ときどき学校に来ることができました。」

職員席の堂森の目が潤んでいく。

「三年生も当然、堂森先生の担任と思い、休まずに頑張ろうと誓った始業式の翌日、堂森先生の事故を知りました。堂森先生のいない学校なんてもう行けない。そんな狭くなっていた僕の心を変えてくれたのは、周囲の皆さんでした。」

彰はもう答辞原稿を読むのをやめ、気持ちで話すモードに切り替えた。

「まずサッカー部のみんな。僕が変わることができた一番の要因は、サッカー部の仲間がいたからだ。でも、先に謝っておく。みんなごめん。今年度で廃部になるってこと、実は自分には関係ない、どうでもいいと思っていた。友達のけがで、去年までほぼ幽霊部員だった僕に、急にレギュラーの話が来た時は、正直消えてしまいたいと思った。最初の頃の部室ははっきり言って、針のむしろだった。部活に行くのが本当に苦痛だった。でも、詳しくは言えないんだけど、速く走れる方法を見つけて、一生懸命努力したんだ。一生懸命練習したんだ。だんだんみんなが声をかけてくれて、『お前の必死なところに、頭が下がる。』とか『いつもお前に助けられる、ありがとう。』とか言われるようになり、チームプレーをするってこういうことだと初めて分かった。みんなが信頼してくれたおかげで、人生で初めて、『死ぬ気でやる』『責任を感じる』ことを学んだんだ。市内大会優勝の時には、僕まで胴上げしてくれて、本当に嬉しかった。汎ちゃんをはじめとするサッカー部のみんな、ずっと友達だよ！　ありがとう。」

汎人がこらえきれず声を上げて泣き出す。他の部員もつられるように泣き始める。

「クラスのみんな、失礼なこと言うけど、初めは冷たい視線を感じた。でも体育祭の応援をきっかけに、クラスの一員になった気がする。あいつが嫌だ、こいつが気に食わないと、勝手に自分が壁を作っていた。勇気を出して一人一人に話していくと、みんないい奴ばかりだった。修学旅行・合唱コンクール・文化祭、『心をひとつにして』という言葉は、去年までの僕にはありえないと思っていた。けれど、みんなと共に歩んだ一年で、初めて分かった。みんな最高だよ。ありがとう。」

今度はクラスのほとんどが感極まって嗚咽を漏らし、学年の半分以上がすすり泣き始める。

「僕には父がいません。小さい時に母は離婚して女手一つで育てられました。子育ては大変で、ましてや女だけで思春期の子どもを養っていくのはすごいことです。頭では分かっていながら、小さい子でもないのに中学生になっても、全て母のせいにして、反抗ばかりしてきました。母さん、わがままばっかり言ってごめん。」

明恵の頭の中には、十五年の様々な場面が走馬灯のように駆け巡り、目には次から次へと涙が溢れ出していた。

「母は、今年の春、僕のために長年勤めていた会社を辞めました。母さん、無理はもういいよ。僕が子どもだった。もう寂しくないよ。僕にはこんなかけがえのない仲間がいる。だから、可能なら元の職場に戻ってよ。ここまで積み上げたキャリアを捨てないでください。母さん、僕は母さんの子で幸せです。大好きです。」

保護者の多くが、我が子を義務教育まで育て上げてきた自分と重ね合わせ、すすり泣いている。

「最後に先生方、本当に三年間ご迷惑をかけました。特に近田先生。堂森先生を父とするなら、近田先生は兄です。また失礼なことを言っちゃいますけど、堂森先生から代わったばかりの先生は本当に頼りなかった。でもこんなわがままな僕と真剣に向かい合ってくれて……。」

彰がついに涙声になってくる。

「命の危険まで晒して、僕を守ってくれた。部活でもクラスでも、孤立している僕を、傷つけないように、うまく仲間の中に入れてもらえるよう、いつも考えていてくれた。部活やクラスの仲間が、こんな素敵な奴らと思えるようになったのは、近田先生のおかげです。近田先生には、『一歩踏み出す勇気』を教えていただきました。そのたった一歩が、のちの百歩、千歩になることを身をもって知りました。ありがとうございます。近田先生がいなければ、今の僕はありません。」

彰の言葉を聞いた近田は、耐えきれなくなり嗚咽を漏らした。その声につられるようにして、他の先生たちも次々とあふれ出る涙を拭った。

「最後に上川台中学校の先生方、僕をこんな晴れ舞台に立たせていただき、本当にありがとうございます。いつも陰になり、日向になり、僕たちを支えていただきました。上川台中学校の先生は、最高の先生です。本当に感謝しています。わがままを言わせてもらえば『学校に残りたい、卒業したくない』でも、そんなことは言ってられませんね。

最後に締めます。僕たち二百三十名の卒業生は今日旅立ちます。皆さんありがとうございました。令和元年度卒業生代表赤城彰。」

体育館中にすすり泣きが溢れ、自然と拍手が出て大拍手に変わった。卒業式答辞に拍手とは普通にはない光景であった。

＊

卒業式から数日後の日曜日、海辺のテトラポッドに彰と近田はいた。

「やっぱりここに来たのか。」

「はい、この場所が、僕の変身の原点ですから。」

「それを言うなら俺もだ。彰、お母さん仕事に復帰したってな。」

「はい、何度も『本当にいいの』と聞かれました。僕も私学の特別進学コースに合格したので、学費の関係で、収入のことは心配していたんです。母は嬉しそうでした。先生だって来年忙しくなりそうですよね。」

「ああ、本当にこの一年でいろいろ勉強になった……。」

「先生、あの雲見てください。『W』の文字に見えませんか？」

「本当だ、すごい！『W』の文字そっくりだ。今度は雲からミラクルがもらえるかな？」

談笑しながら「W」の文字に見える雲をじっと眺める二人だった。

著者プロフィール

澤木 誠（さわき まこと）

1961年　愛知県生まれ。
愛知教育大学教育学部卒。
愛知県公立中学校教員。
愛知県在住。

W

2020年12月15日　初版第１刷発行
2021年３月20日　初版第２刷発行

著　者　澤木 誠
発行者　瓜谷 綱延
発行所　株式会社文芸社
〒160-0022　東京都新宿区新宿1－10－1
電話 03-5369-3060（代表）
03-5369-2299（販売）

印　刷　株式会社文芸社
製本所　株式会社MOTOMURA

©SAWAKI Makoto 2020 Printed in Japan
乱丁本・落丁本はお手数ですが小社販売部宛にお送りください。
送料小社負担にてお取り替えいたします。
本書の一部、あるいは全部を無断で複写・複製・転載・放映、データ配信することは、法律で認められた場合を除き、著作権の侵害となります。

ISBN978-4-286-22134-2